KB092899

길 위에 남겨둔 이름

길 위에 남겨둔 이름

지현경 첫 산문집

대양미디어

살아온 길목에 서서

곰곰이 생각들을 떠 올린다
작고 큰 조약돌을 만지작거리면서
배고픈 길도 걸어보고 힘든 삶도 살아왔다
배우는 즐거움도 길목에서 만났다
길을 가다가 훔쳐 먹는 도둑도 보고
천하의 절경인 황산도 올라가보았다
가고 오는 길목에서 선비를 만날 때는
해가 지는지 뜨는지 시계도 잠을 잤다
세상이치가 이것뿐이겠는가
수많은 인고 복락이 꿈같이 지나가는데
그래도 자주 만나는 친한 친구가 더 좋더라
버티면서 살아도 보고 눈을 감고 참아도 보았다
이 길도 저 길도 풍전등화 같더라

살다보니 길이 막혀 두드려 볼 때는
어릴 적에 못 배운 것이 첩첩 산중이었다
이 길도 저 길도 막아버릴 때는
하늘을 쳐다보고 땅을 두드려 봐도 대답이 없더라
그래도 마음 하나는 꼭 잡고 있었다
부모님 가르침대로
73년을 꿋꿋하고 청렴하게 부지런히 살아왔다
그래서 지현경이 나이가 멈추지 않은
기찻길이 인생이 되었다

2019년 3월
지현경

차   례

제1부
이 세상에
온 날

남은여생

날이 밝아 와도 해가 저물어도
시간을 모르고 살아왔다.
기나긴 인생살이인가 짧은 시간이었는가
하던 일들 돌아보니 별것 아니었네.
있고 없는 차이들은 나를 울리고 가버리고
남은여생 알뜰하게 나누면서 보내리라!

L의 눈물

한없이 괴로움에 하늘보고 소리쳤다.
젊은 꿈이 샘솟고 희망은 부풀어 있었다.
청춘이 불타는데 잠재울 수만은 없었다.
기다리는 꿈은 스쳐지나가고 있는 것도 잡지 못하고
광배의 시간들은 바람 빠진 풍선처럼 되어가고 있었다.
쌓이고 쌓인 희망의 꿈들이 깊은 밤잠을 깨운다.
오늘 밤도 내일 밤도 잠은 날 부르는데
손에 잡힌 것은 다 도망가고 기력도 의욕도 없다.
작고 좁은 구석으로 자꾸자꾸만 빠져든다.
어제의 내가 오늘은 누구인가
말도 잘하던 내 얼굴이 표정마저 굳어갔다.
깊은 밤은 밝은 빛이요 밤인지 낮인지 몽롱하다.
끌려가는 정신세계가 나보고 우울증이라고 하는구나!

＊ 친구 이건배 동생의 시를 보고

미물과 차이점

개미들은 살기위해 끝없이 노력하는데
사람들은 바른길도 돌아서 간다.
태초에 먼저 나온 개미들이 있는데
인간들은 늦게 나와 속이고 욕심만 부린다.
개미꽁무니 페로몬 1㎎이
지구를 60바퀴나 그리는데도
사람들은 멍청하게 싸움하고 세월만 보낸다.
박카스 드링크 병 길이도
지구를 57바퀴를 돌아왔다고 자랑하는데
우리네 정치판은 부정부패와 싸운다.
바로 세운 민주주의 온 백성들이 세우고
그 자리 지킬 수 있는 당은
더불어민주당이라 했다.
나라 세우는 일은
국민들이 촛불로 세우고
더불어 민주당이 앞장서서
잘 이겨내야 산다 했다.

그놈이나 저놈이나

주워다 준 옥돌을 보고 버리는구나
주워다 준 잡석을 보고 챙기는 구나
두 눈이 모두가 썩은 눈이었다.
이 사람도 저 사람도 시궁창 사람들이다 .
제 아무리 대통령은 잘 하려 해도
뿌리가 썩어가니
촛불시민들이 걱정이 된다.

오늘도 즐거운 날

시들어가고 있는 양귀비 잎싸구가
님들을 기다리다가 지쳐서 살며시 잠이 들었습니다.
덴마크산 치즈도 양장옷 입고 와 있는데
손님이 안 오시니 실망해 합니다.
어서들 오세요 오늘은 일요일입니다.
30년 전에 태어난 발렌타인 주님도 내 친구들 오신다고
먼저 와서 대기하고 있습니다.
주인공들이 안 오시니 내리던 비도 바쁘다고
초고속열차로 부산으로 떠났습니다.
옥상정원에 홀로앉아 님들을 기다리니
매일 만나는 까치가 까 ― 아 ― 까, 까 ― 아 ― 까
반갑다고 인사를 하고 있습니다~!

N 회장님

언제인가 만나보니 열 번 만난 친구였네
고향 냄새가 짙은 사람 N 회장님
만날수록 구수해서 정이 무척 깊었다.
허허벌판 강서 뜰에서 태권도 가르치시고
N 국회의원님 경호도 담당했었지
팔방건설 차려놓고 틈틈이 봉사하고
동분서주 강서양천 회장직도 맡았었네.
억척스럽게 뛰던 이가 얼굴 본 지 언제인가
나이는 못 속여 나이는 못 잡아
꽃잎이 시들면 벌 나비도 오지 않듯이
나이 드니 친구들도 오지를 않네그려
지난 세월 그 친구들 하나둘씩 가버리고
N 회장님 발자욱도 하나둘씩 지워지네!

출발시간 04시에

기다리는 시간이 행복합니다.
부처님 뵈오러 가니 기쁨이 넘칩니다.
이 청우 큰스님 만나러 가니 반갑습니다.
도인 L 선생님이 기다리고 계십니다.
우리 모두 함께 가니 오늘은 즐거운 날입니다,
강원도 강릉시 괘방산자락에 등명낙가사 가는 길에.

이청우 큰스님

첩첩이 놓여있는 삶의 시간들이
길바닥에 흩어져 있습니다.
주워 담지 못하고 이렇게 시간만 갑니다.
가끔씩 잊지 않고 스님을 생각하고 있습니다.
큰스님의 자비와 사랑이 나에게 날아와서
희망과 건강을 내려주시니 저는 즐겁습니다.
늘상 찾아뵙지 못하고
문안 인사도 올리지 못하여 죄송합니다.
부처님 전에 죄송한 마음 빌어봅니다.
날로 발전해가는 등명낙가사의 경내를 볼 때마다
청우 스님 기도의 땀방울이 영글어 가고 있어
기쁜 마음으로 축하드립니다.
큰스님 생전에 등명낙가사에 큰 등불을
켜주시니 감사와 기쁨으로 인사 올립니다.
그동안 함께 하신 불자 분들과 낙가사 가족 여러분들께도
항상 기쁨과 행복이 넘치시기를 기도드립니다.

2018년 5월 13일 03시
서울시 강서구 내발산동 지현경 법사

하늘정원에서

L 선생님이 올 것만 같은데
그 님은 안 오시고
나 홀로 서서 바라보니 하늘정원이 푸르구나
발산역 사거리도 내 마음을 아는 건지
맑고 화창해서 잘도 보인다
부처님이 오신 날에 낙가사 다녀오니
이내 마음 고요하니
세상도 고요하다.

뉴스 속보의 눈물

남북 화합 좋은 세상 후손에게 물려주자
지현경이가 외쳐왔다.
마음 모아 힘을 모아 서로서로 도우며 살자
강서구 호남향우회가를 힘차게 부를 때마다
가슴이 뭉클해 뜨거운 전율이 온몸을 휘감았다.
고 김대중 대통령님 고 노무현 대통령님
평양 순항 비행장에서
김정일과 포옹하시고
문재인 대통령도 38선 넘어 판문각에서
김정은과 포옹하시었다.
6·25 포성의 화약 연기가
마지막 어머니를 부르다가
산화하시었던 병사들의 외침이었다.
골짜기마다 흘러내리던 붉은 피는 잠들고
그 세월이 70여 년 오늘인가 꿈인가 하노라
지뢰밭 38선의 철조망도 녹이 슬어 끊어지고
두 정상이 선을 넘어 부둥켜 안으셨으니
이 날이 오기를 두 손 모아 빌었다
남북 화합 좋은 세상 후손에게 물려주자고

강서구 호남향우회가를 힘차게 외쳐왔다.

이 날이 오기를 호남향우들이 두 손 모아 빌었다.

1999년 5월 14일 발표하고 2007년 5월 21일

음악저작권신탁증서 제07228호 위탁자 지현경

지현경 작사 오민우 작곡 강서호남향우회가

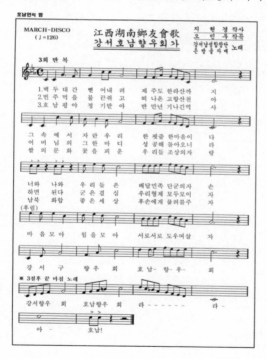

자문주

오늘따라 좋은 일이 사방에서 있어 좋다.
지금 가져온 보약주는 100년을 더 산다 하는구나
술이란 놈 멀리해도 가져오는데 어찌하나
보고만 있어도 술기가 마음부터 오르네
오래된 인삼주라 권하니 한잔하고
마셔보니 취기가 얼큰하게 오른다.
세상살이 살다 보니 만사가 형통이라
도움 주니 답례술로 인삼주를 가져왔네.

따뜻한 밥상

슬프도다 가는 세월이 이제나 늙었노라
오다가다 쉬어 갈 때 웃음 웃고 즐기면서
너도 주고 나누면서 베풀다가 가세그려
이 세상도 저 세상도 별것이 아니라네
배고프면 밥 먹고서 소주 한 잔 나눠보세
이것이 우리들이 사는 맛이 아닌가!

캠핑장 오픈 날

강화도 한적한 산중에 시리미 마을이 있었다.
멀리 보인 산봉우리가 복을 앓고 바라본다.
잔잔한 또랑물은 졸졸졸 미끄럼타고 흐르고
주산은 캠핑장을 감싸안고 품었구나
돌아돌아 오르는 길엔 솟아오른 찬 우물이 있어
임금님도 촌로들도 피부병을 치료하셨다.
시리미 캠핑장 속에 수영장도 약수로다
멀리 보이는 채석장이 티끌을 남겼으니
때를 만나면 누가 오나니 가볍게 주고 돌아오소.

* 2018년 6월 1일 김정록 의원 공원에서

이 세상에 온 날

72년 전 오늘 내가 이 세상에 온 날이다.
기억 속에 남아있는 주어진 시간이
오고 가는 것은 하늘이 준 시간인데
바삐 바삐 살아온 걸음들은 흔적 없이 지워져 갔다.
물안개 날으는 그 너머에 햇빛 보면서
나이를 짐 싸들고 소리 없이 떠난다.
부처님 은덕으로 살아온 오늘인데
우리에게 지워져가는 것은 시간이요
우리에게 쌓여져 가는 것은 나이 뿐이다.
만민만난 인연으로 보다 더 행복하게 살아가길 바라며
곁에 계신 모든 분들께 축복과 행운을 기원드린다.
지금 나에게 주어진 시간이 아직도 얼마나 남아 있을까?

* 2018년 6월 1일 생일날

72회 생일날

날이 갈수록 어린 시절의 기억들만
그리움으로 남습니다.
72세 되시던 해에 아버지 모습이 떠오릅니다.
즐겨 피우시던 풍년초 담배 한 대통 눌러 채우시고
성냥불 붙여라! 하시곤
한 모금 두 모금 하시던 모습입니다.
10여 가족들을 먹이고 입혀 오시던 아버지
걱정걱정하실 때마다 담배를 피우셨습니다.
이 걱정 저 걱정 하실 때마다
담배 한 대통으로 새벽잠을 깨우셨습니다.
아버지!
막내 소자가 벌써 72살이 되었습니다.
아버지!
아버지가 즐겨 피우시던 풍년초 담배 접어두시고
새로운 파랑새 골연 담배를 피우시다가
72세에 끊으셨습니다.
힘들고 외로우실 때마다 친구처럼 가까이 하시며
즐기시던 담배를 끊으셨습니다.
한 모금 담배 연기 속에는

막내아들이 뛰노는 모습도 보시고
마구간에 소가 여물을 잘 먹는 모습도
생각하시었을 것입니다.
그렇게 좋아 하시고 즐겨 피우시던
담배를 가족 걱정에 끊으셨습니다.
아버지!
아버지가 72세 되시던 그 해
괴로워하시고 허전해 하시던 그 모습이
생생히 떠오릅니다.
아버지 얼굴 말입니다!

* 2018. 6. 1.(음력 4월 18일) 저자 생일날

깊은 곳으로

평창이 죽고
병창이가 살았다.
날개 달은 병창이가
노래를 부른다.
평소에 치는 북이
소리가 안 들려
오던 사람 가던 이도
듣지도 않는다.
봄기운이 가시고
땡 여름이 왔으니
평창에 눈이 녹아
병창이가 살아났다.
산천이 고요한대
물소리는 어딜 갔나
주룩주룩 빗소리가
계곡을 잠 깨운다.
깊은 골짜기마다
움푹움푹 패인 자리
한 사발 한 종지기씩

따복따복 채워가면서
거짓말도 안하고
골짜기를 흐른다.

＊ 2018년 박병창 선생님 『2018인 글 어록 강연 토크집』 보며

기쁨 주셨네

하나님 말씀이 축복이었다
새벽을 열고나서는 나에게 기쁨 주셨습니다.
축구화 조여 신고 두 색깔 조끼 입었다.
발산초등학교 들어서며 철문을 열었다.
가로등 사이사이로 나무 그림자가 그려내는 화폭들이
국전작가 붓끝에다 오줌 싸버렸다.
겁도 없는 내 발걸음은 명작 작품 위를 지워간다.
가볍게 몸을 풀으니 새벽 공기도 반겨준다.
황토 흙냄새가 가슴을 열어주어 힘이 솟는다.
새벽을 열고 생각하니 하나님이 기쁨 주셨네!

제2부
비웃는
선거판

자기소개서

강서구청장 예비후보자 中 지현경
더불어민주당 공천심사위원님들께
존경의 마음을 전합니다.
6·13 지방선거에 강서구청장 예비후보로
출사표를 던진 지현경입니다.
저는 45년 동안 강서구에 거주해오면서
민주당을 사랑하고 지켜왔습니다.
전두환 시절부터 김영삼 정부 때까지
많은 탄압으로 어려움을 겪었습니다.
당시에는 민주당 조직이 빈약해 전면에 나서서
활동하기조차 어려웠습니다.
그래서 강한 조직을 만들어야겠다는 생각에
묘안을 짠 것이 강서 호남향우연합회였습니다.
1994년 남몰래 결성해 출발했을 때
잘 나간다는 호남인들이 앞에 나서서
도와주질 않았습니다.
많은 비용을 감당하기가 힘들었습니다.
이일 때문에 강서 경찰서에서 조서도 쓰고
세무사찰도 받고 심지어 체육대회도 제재를 받았습니다.
향우들이 모이는 곳마다

감시와 경계의 눈초리를 받았습니다.
호남 향우회를 곧 민주당 조직으로 보기 때문입니다.
과거에는 강서구가 민정당 판이었습니다.
1994년 호남향우연합회가 시작으로
민주당이 국회의원과 구청장을 배출했고
시의원, 구의원도 과반을 넘었습니다.
험난한 길을 고집해 왔던 세월이
오늘날 빛을 보고 있는 것입니다.
어느 누구도 쳐다보지 않던 시국에
저 홀로 힘들게 걸어왔습니다.
다행이도 뒤늦게 호남향우선후배님들이
저를 따르고 참여해 주셨기에 가능했습니다.
강서구에 아무 연고가 없어
얼굴도 모르는 S 후보가 낙하산 공천으로 왔을 때
손을 잡고 다니면서 우리 S은 돈도 없고
강서구에 아는 사람도 없지만 젊고 깨끗한 사람입니다.
이렇게 목이 터져라 외치고 다녔습니다.
당시 지구당 N 사무국장도 처음 만난 사이였지만
제가 2대 강서구청장 후보로 추천하고 끝까지 싸워
당선시켰습니다.

향우님들이 일사불란하게 따라주었습니다.

저에게는 마지막 기회입니다.

풍부한 경험과 경륜으로 민주당을 지키고 나아가

지난 24년간 뿌린 씨앗을 거두고자 합니다.

저에게 마지막 기회를 주시면 당당하게 필승하겠습니다.

저는 4년 동안 강서구 행정을

낱낱이 다뤄본 경험이 있습니다.

63만 강서 구민을 위해

손색없는 행정을 펼쳐나가겠습니다.

그리고 깨끗한 구청장이 되겠습니다.

이번 지방선거를 기반으로 다음 총선까지

더불어 민주당이 강서구에서 승리할 수 있도록

최선을 다하겠습니다.

존경하는 공천심사위원님 여러분(국회의원 16명)

지방자치 목적은 민주주의 바탕위에서

우리고장은 우리가 지키고

우리가 발전시켜 나간다는 마음에서 출발합니다.

이런 마음으로 정직하고 성실하게 구민에게 봉사하는

강서구청장이 되겠습니다.

끝으로 더불어 민주당의 발전을 위해

문재인 대통령님의 민주주의 이념을 받들어
충실하게 수행할 것을 약속합니다.
감사합니다.

더불어 민주당

민주당 사람들은 대접도 못 받던 시절이 있었다.
사회단체 활동 중에도 구석으로 밀려났다.
회장직을 한번 해보기도 힘이 들었던 시대였다.
똑똑하면 그 사람은 경계의 대상이었다.
부지런히 봉사해도 찬밥 신세로 전락했다.
세월이 나를 불러 앞장세워 주셨다.
호남향우회가 기틀을 다져놓으니
더불어 민주당이 승승장구 하였다.
음지가 양지되니 사방에서 날아와
자리다툼 권력 욕심에 장사진이었다.
마음 놓고 말도 하고 출세도 하고
지난 시절 그 고통들은 다 지나갔다.
꽃피는 민주주의 더불어 민주당이 있어
문재인 대통령님도 민주주의 노래부르시니
온 국민이 태평성대 꿈을 이루리라!

주민이 부른다

지현경은 삶의 길이 모여 있는 조약돌 삶입니다.
먼 산 바라보며 곧게 걸어 왔습니다.
차거운 눈길들이 나를 때릴 때 힘이 들었습니다.
그러나 그 길을 가야만 했습니다.
닳고 썩은 나무다리도 건너야 했습니다.
그 길이 나의 갈 길이었습니다.
시들고 낡은 가지처럼 해 저물어 가는데
이제야 반짝 비추는 햇빛사이로 봉사의 기회라 하니
느즈막에 쌓아둔 경륜 모두 다 끄집어내어
63만 강서구민 님 위해
일거리 맡기실까 기다리고 있었습니다.

N 구청장님

때가 되면 앉을자리를 보고 앉아야 합니다.
자네 부인과 찾아와서 강서구청장 나가라고
사정했던 사람이 아닌가?
그런 사람이 이제 와서 말을 바꾸다니 말일세.
나 아니면 안 돼 자만이라는 것일세.
내가 후보가 되면
자네가 지원 유세 해주면 얼마나 좋을까!
다음에는 더 좋은 기회가 있으니
세월은 가고 시대는 변하는 것일세.
나는 내가 부족하다 하면 공천을 안줘도 좋다고 했지.
욕심을 말하면 S 의원 시절에 했어야 했네.
그러나 S 의원은 나를 꺾어버렸지
그래서 나도 밟아버렸지.
오솔길 걸어간 사람은 만 가지를 보고 배웠지만
금수저는 뚫린 길만 걸었으니 세상물정을 알겠는가!
세상은 돌고 도는 것
양과 음이 있어
우리가 숨 쉬고 살아가는 게 아니겠는가.

구청장 예비후보 공약
공약도 수를 제한하였다

① 강서구청자리를 넓혀 별관을 함께 재건축한다.
② 서부권 전철을 조기 착공 노력한다.
③ 국회도로(경인고속도로) 지하화후 지상 녹화한다.
④ 고도 제한 완하를 최우선으로 한다.
⑤ 발산동 문화체육시설 부지에 청소년 문화센터 건립
⑥ 발산동 저류지 위에 안전체험 학습센터를 짓는다.
⑦ 화곡 2, 4동에 중소기업 유통센터를 현대화사업 추진
   한다.
⑧ 메트로 9호선 전철 증설에 노력한다.
⑨ 등촌동 중공업지역 해체를 노력한다.
⑩ 강서문화원과 화곡1동 주민센터를 통합청사로 신축
   한다.
⑪ 우장산 역사 출입구를 증설한다.
⑫ 발산역 가양동 방향 하수관로 110m 구간 재공사한다.
참고 : 면접시 심사위원께서 마지막으로 물었다.

지현경 후보께서는 강서구청장이 된다면 제일 먼저 무
슨 일부터 하겠습니까?

지현경 답변 :

시급한 것은 먼저 한강 뚝을 높이는 일이 시급합니다.

현재 제방높이가 15m로 되어 있어 5m 더 높여 20m

쌓아야 합니다.

폭우시에 위험합니다.

강서, 양천, 안양천뚝까지 보강해야 구민들이

살아가는데 안전합니다.

강서구의원 시절에 관계자들에게 말씀드려도

관심 밖이었습니다.

제방 높이는 일부터 해야 한다고 재차 말했습니다.

* 인천시 상수도사업본부에서 관리하는 강서구를 지나가는 도수관 제거
  공사도 60억 들여 콘크리트로 슬쩍 메꿔 버렸다. 구민들을 이렇게 속이
  고 있다.

기다리는 마음

서울특별시 각 구마다 면접을 봤다.
후보들 나름대로 준비하고 나왔다.
마음은 집에다 두고 왔는지
면접 시험장으로 가져왔는지 모른다.
걸쭉한 마음들을 안고 왔겠지
63만 구민들은 구청장을 바라본다.
잘해도 그만 못해도 그만 주민들은 바라만 본다.
몇 번씩 하고 또 하고 놓기 싫어한 구청장자리다.
진정한 구청장은 욕심이 없다 .
일하는 구청장은 더 하지 않는다.
구민이 부르면 찾아가서 해결하고
불철주야 편히 쉴 날이 언제나 있을까?
강서구 구청장님 우리 구청장님!

강서구청장 예비후보 · 1
- 2018. 6. 13

서울특별시 강서구 일꾼이 누구일까?
63만 구민들을 모실 머슴을 뽑는다.
일생을 갈고 닦은 정성을 모아서
깨끗한 강서 정직한 봉사로 일할 일꾼을 찾는다.
지현경이가 72년 쌓아놓은 경륜을 몸 바쳐
구민위해 나누어 드리리라.
그늘진 곳 찾아가며 등불 켜 드리고
남은 기운도 남김없이 다 쓰고 가리라!
다짐을 했었다.

강서구청장 예비후보 · 2
-뒤에서 벌어진 숨은 이기들

G 의원님 미국에 잘 다녀오셨습니까?
H 부위원장님 선거준비에 고생하십니다.
오늘 향우회 W, Y 고문님과
C 회장님을 함께 만나셨습니까?
저녁에 저를 불러서 H 의원과 G 의원을
만나고 왔다고 했다.
C 회장이 나에게 전하는 말은 여론도 낮고 해서 그러니
내일 면담을 나가지 말라는 강력한 청을 했다.
투표경쟁은 여론이 제일 낮은 사람과 해야 옳은데
그들은 제일 여론이 낮으니 나가지 말라고 꼬드겼다.
그래서 단호하게 거절했다.
시당에서 여론조사를 했다.
여론이 제일 좋으니 열심히 하세요 라고 하였는데
이 사람들은 여론 내용도 오도하며 나를 막아서서
절대로 나가지 말라고 강요를 했다.
C과 Y은 완도 향우들이다.
모 회장은 N 밑에서 체육회회장을 10여년하고
평통위원장을 하고 있다.

강서구 더불어민주당 대의원 11,000명
과거에는 투표해서 뽑는다.
이 명단도 지구당에서 못 준다고 막았다.
따라서 그는 청소업체를 지금까지 수십 년 계약을
연장해오고 있다. 이분들은 악착스럽게 나를 설득했다.
두 사람이 사주를 받았나 생각했다.
즉시 N을 불러와 저에게 사과를 시킨다고 해서
절대로 만나지 않는다고 했다.
그런데도 끝까지 내일 면담을 하지 말라고 하였다.
이들이 모의를 했나 보다.
그래서 나는 면담 중에 노 후보에게 질문을 해서
답을 하면 내가 사임하고 못 하면 노 후보가 사임하는
것이 어떤가라고 질문한다 하니 무조건 나가지 말라는
것이었다. 참으로 개탄할 일이었다.
요즘에도 이렇게 더러운 사람들이 있다는 것이
참으로 부끄러웠다.

* 세상을 엎을 수도 없고 참고 눈을 감을 수도 없었다. 이것이 정치판이다.

강서구청장 예비후보 · 3

2018년 3월 15일
6·13지방선거에 강서구청장 예비후보로
더불어민주당에 등록을 마쳤다.
모두다 준비를 완료하였다 .
살아오는 길에 흠 자국도 모두 다 내 놓았다.
부끄럽지 않게 살아왔다고 당당하게 꺼내 보였다.
4월 12일 오후 5시 30분 면접날이다.
11일 밤 10시에 강서호남향우연합회
C 회장이 면접을 못하게 방해하고
12일날 오후 4시에 출발하는데 또 찾아와서
자동차 문을 잡고 못 가게 방해하였다.
그래서 나의 자존심을 크게 자극했다.
그래도 당당히 면접을 봤다.
생각이 이렇게 각자가 다르다는 것을 남겨주었다.
진정한 마음속에는 사가 존재할 수 없다는 것을 보았다.
마음속에 사가 숨어있다면
그 마음을 알 수가 있다.
존경과 사랑은 절대로 사가 없는 것이라고 믿어왔다.

C은 나에게 큰 상처를 남겨주었다.
이것이 호남인들 마음속에 잠재해 있는 흠이라고!

* 정치판이 이런 것이라는 것을 영원히 잊지 못할 것이다. 어제의 우가 오
  늘은 좌가 되다니 말이다. 1년만 지나면 비밀이 모두 다 밝혀지기 마련
  이다. 비밀은 천리를 가고 진실은 가까이서 사라진다.

6·13후보선정

더불어민주당 구청장 후보 심사 중에
S 심사위원장이 지현경 후보는 한국당 갔다 왔으니
후보에서 탈락시킵니다 라고 하였다.
구민 여론조사에서 지지도가 높으니
미리 탈락시켜버렸다.
정치판은 이런 것이여!
더불어민주당 강서구청장 예비후보 심사 중에
여론이 앞선 사람을 탈락시키면서 한국당 갔다 와서
탈락시킨다 해놓고 문서로 요구하니
객관적 판단이라고 말을 바꿔서 서류를 보내왔다.
S 심사위원장은 탈락시키고 서류는 재심위원장
J 이름으로 왔다.
　　1. 서류심사비 20만원
　　2. 당 교육 3시간 15만원
　　3. 구청장 후보자 면접비 300만원

* 등록을 하고 난 뒤 과거에는 11,000명 대의원 명부를 후보들게 나눠주는
　것인데 명단을 주지 못하게 하였다. 이 사람들 농간을 여지없이 드러내
　고 있다.

더불어민주당

수신자   지현경 후보자
           (서울시 강서구 공항대로 38길 93(내발산동))
제 목   중앙당 공직선거후보자추천재심위원회 결과 통보의 건

    1. 중앙당 공직선거후보자추천재심위원회(위원장 진선미)는 당헌 제109
조(재심), 당규 제13호 공직선거후보자추천규정 제54조(재심)에 의거, 2018.4.26.(목)
중앙당 공직선거후보자추천 재심위원회에서는 지현경 후보자가 제기한 서울 강서
구청장 재심신청의 건을 심의하였습니다.

    2. 이에 아래와 같이 의결하였기에 결과를 알려드립니다.

- 아 래 -

가. 안 건 : 서울 강서구청장 후보자(지현경) 재심신청의 건
나. 의결사항 : "기각"
    - 신청 내용 전반을 면밀히 확인하여 심의한 결과 공관위의 판단에서
절차상 문제는 발견되지 않았고 객관적 근거에 의한 판단으로 확인된 바, 이에 당
헌 제109조(재심) 및 당규 제 13호 공직후보자추천규정 제54(재심)규정에 의거하여
이유없음으로 '기각'을 의결함.

중앙당 공직선거후보자추천재심위원장

담 당 박선화   부서장 양우석
문서번호 재심위180426-153   시행   2018.04.26   접수
(07237) 서울특별시 영등포구 국회대로 68길 7(여의도동 14-26) 7층/ www.npad.kr
e-mail : minjoo0047@gmail.com   전화 (02) 2630-0089

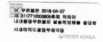

6 · 13지방선거

은근슬쩍 나오는 후보들 때문에
준비된 후보들의 가슴이 탄다.
차갑기만 한 유권자들의 눈초리가
당을 가르고 달아나 버린다.
말뚝 박은 그 사람은 처다나 보지만
처음 출마한 그 사람은 고개를 돌린다.
봄기운 타고 축 늘어진 새벽잠이 후보들을 깨운다.
하나둘씩 전철역 입구를 막아서서
명함 드리고 인사한다.
매정한 유권자들 차가운 눈초리가 거칠다.
한번 거치고 두 번 골라 뽑고
세 번 경쟁해서 금배지 달아본다.
의원님 의원님 우리 의원님
금배지에 손을 얹고 구민들 위해
도둑질 하지 말고 착실하게 일해보소.

6·13 그놈 말이여

하루 남은 6·13 지방선거가 다다른 길목에 서서
하나만 골라라 하니 유권자들도 고민이 많다.
가슴 조이며 허리 굽히며 천 번 만 번 절을 받았다.
당도 보고 사람도 보고 향우도 보고 친구도 보았다.
그 얼굴들이 가슴 조이며 서로 손을 내민다.
나 찍어줘 나 찍어줘 나를 찍어주란 말이야
절규하는 그 얼굴들이 한 표 부탁한다.
인생살이 이런 거야 너도 한 번 출마해봐!
친구도 등 돌리고 향우도 등 돌리고
친하디 친한 동창생도 돌아서 버린다.
무정하게 소리 없이 돌아선 사람들
6·13 그날 지나면 얼굴 보기가 뜨겁다.
몇 십년지기 친목계원도 그놈이 갈라 놨다.
평생 가는 향우들도 그놈이 나누어 놨다.
그놈이 누구인가 그놈 말이야
여당 야당 가리는 그놈 말이여!

시의원의 자세

처음 내딛은 지방의원 마음 다스리고
시작부터 끝날 때까지 그 마음으로 가시게
한푼 두푼 절약해야 나라가 살고
모르는 것은 묻고 배우면서 부지런히 일하시게
열 번도 백 번도 내 마음 속이지 말고
깨끗한 의원되어 빈손 쥐고 나오시게!

동태눈깔들

그대들 하는 짓이 가관이로구려
철면피 앞에 세워두고 춤을 추다니 말일세.
한사람 배 채우기 위해 세 사람이 떠받드니
모두다 앞이 보인다 낙엽 되리라고
생기 있는 나무 살려야 열매 얻는데 말일세.
표도 없는 후보들을 마구 뽑아줬으니
여기저기서 콱 밟아버려 총선이 불안하다.

시간이 없다

쫓기는 시간 쪼여오는 그 마음
다급한 가슴 구실을 부칠 때가 없다.
그 책임을 누가 책임질 것인가
바른 눈 깨끗한 마음 찾지 못해
구부러진 것이 사람 마음이지!
물 좋을 때 잡고 보자
3위원장들이 공천장 날리고 웃으면서 마신 술이
독인 줄 왜 모르는가?
심증은 있는데 물증이 없다하니
그 사람 참으로 불쌍하고 안타깝구나.
한배를 탔으니 그럴 법도 하겠지 그물에 고기이니까
너 죽고 나 살자 하지만 나 죽고 너 살자가
그 사람이 훌륭한 군자다.
나라를 좀 먹는 그이들 문재인 정부를 망친다.
아니면 말고 모르면 그냥 가고
가신들이 두 물에 빠진 날이다.

마감 시간이 다가온다

선수가 연기 피워 놓고
어두운 방 앞을 왔다 갔다 하고 있다.
옷소매에 물든 사람도
이 방 저 방을 왔다 갔다 하고 있다.
너 죽고 나 살면 배는 부르다
6·13 지방선거 일 직전이 다가오는 날!

* 기웃거리던 그 사람들은 모두 다 후보가 되었다.
  점지해준 후보 손에는 전화명부 감춰놓고 탈락될 후보들은 전화명부도
  없었다.
  후보경쟁 하나마나 왜 이리도 모르는가
  님자들도 선거 날이 코앞에 다가오니 되로 받은 것 말로 갚고 정신들 차
  리세요

비웃는 선거판

밥이 나와 죽이 나와 돈이 나와
갈수록 치열해지는 6·13지방선거운동
너 죽고 나살자 서로가 비방전이다.
공인이 되려거든 깨끗해야 하는데
당선되면 그저 그만 청탁에 시달린다.
제 아무리 깨끗해도 부탁유혹이 등 두드린다.
힘들게 당선된 의원들인데
누구는 국민위해 밤잠을 설치며 일하고
누구는 기회 봐서 손을 내민다.
애써 뽑은 의원님들 바른 길로 가세요?
흔들리지 말고 바른길로 가세요?

제 3 부
그놈도
그놈이다

무상한 인생

볼수록 들을수록 기억에서 살아나고
다시 지는구나.
한 시대를 풍미하며 장식하셨던
김종필 총재, 김영삼 대통령, 김대중 대통령
3김 시대는 역사 속으로 조용히 잠이 든다.

* 2018년 6월 23일 김종필 전 총재님께서 서거하시던 날

정치와 책임

어지럽던 검은 연기 걷히고
나라도 안착을 하였다
전국에서 땅이 진동하여
새싹들이 돋아나오고
가시 돋친 잡초들은 병이 들어
죽어가고 있다
흩어졌던 씨알들이 자리를 잡았으니
튼실하게 뿌리 내렸다
사이사이에 거치른 가시도
하나 둘씩 뒤섞여 날뛴다
영글은 열매 길러서 온 백성들
배부르게 먹여야 하는데

문재인 김정은의 만남
– 2018. 4. 27

화약연기 속에 쓰러져 가던 국군들의 목소리가 들린다.
쌓이고 쌓이던 시체위에서
김정은 위원장의 굵직한 목소리가
평화를 외치며 손을 내민다.
문재인대통령의 한마디에
꽁꽁 얼었던 얼음이 녹고 잃어버린 11년이 봄을 부른다.
등 돌린 70여년을 철조망도 녹여버렸다.
38선은 까치와 노루들이 평화롭게 노닐고
문재인 대통령과 김정은 위원장이
두 손 잡고 잘해봅시다.
종이에 새긴 글보다 우리마음이 중요합니다 하니
김정은 위원장의 말씀이 가슴속에 눈물이 고인다.
남북이 문을 열고 형제의 피를 나누니
흩어진 가족들은 지하에서도 이제야 눈을 감으셨다.
우리나라 대한민국 동방의 빛이 세계의 중심에서서
영원히 빛나리라!

* 김정은이가 남한을 방문한 날 문재인 대통령님과 판문점에서 만나는 시
  간이다.

대표 A

아직도 덜 익은 열매라
따기가 어중간했는데
놔두면 더 익은 것을
먼저 따버렸다.
설익은 과일이라
맛도 그저 그래서
사람도 하는 일이
이와 같다네.
경험 없는 사람이
정치를 한다고
인기 하나로 들떠서
대표가 되었다네.
이리 갈까 저리 갈까
헤매다 가는 길이
서울시장 후보도
대통령 후보도 땡치고
이것저것도 안 되니
홀로 떠나 버리네.
당원들도 버리고

대표직도 버리고
그럴 바엔 애당초
정치판에 왜 왔나요?

강서구 호남향우연합회 회장께!

향우들은 어디로 갔는가?
말을 했으면 책임을 져야한다.
어떤 사주를 받았는지 모르지만
나를 회유성 매도해서 뭘 얻으려는 것이야
자네가 마지막 면접 받으러 가지 말라는 것은
선거법 위반이야.

일생일대에 한 번도 할까 말까 하는 일을
막아서는 그러한 행위는 참으로 기가 차다.
아무리 말할 줄 모른다고 해도
함부로 지껄이는 것은 생각을 좀 해볼 일이야!
자네가 나한테 보내온 글도 말 따위라고 썼는가?
할 말과 안할 말도 구분 못하고
어떻게 사회생활을 한다고 하는가?
이해를 해봐도 참을 수가 없어
자네의 근성인지 심보인지 걱정스럽네.
자네가 회장이라면
태도를 낮추고 말을 해야지.
위에서 내려다보고 말을 하나

자네 하는 말마다 어패가 있어.
문제야 이해하고 참으려고 해도
도저히 참을 수가 없네.
자네 말대로 내가 여론이 낮다 했는데
제일 낮으면 나와 경쟁해야 이길 수 있는 것 아닌가?

* 지현경 후보 : 강서호남향우연합회 초대, 2대, 3대 회장 역임한 사람

순 리

불은 발 앞에서부터 꺼야 산다.
물은 움푹움푹 파인 곳부터 채우며 흐른다.
이것이 자연의 순리다.
모든 것이 역행하면 재앙이 따른다.
그러나 사람들은 잘 지키려하지 않는다.
자기만을 위해서 살고자 하기 때문이다.
지금까지 살아오면서
자기 자신이 얼마나 바르게 잘살아 왔는가를
생각해 봐야 한다.
우선 눈을 떴으니 보고 배워야 하고
귀가 있으니 들어야 하고
입이 벌어지니 먹어야 산다.
똑같은 사람들이 이렇게 살아가는데
욕심 부리고 속이고 거짓말하고
사는 것도 또한 사람이다.
제아무리 배가 고파도 훔쳐 먹지 않는 것이며
귀가 따갑게 옳은 가르침을 배웠다 해도
실천하지 않으면 아무 소용이 없다.
그러나 사람이란 옳은 길을 가야 한다.

배운 것도 가르쳐주고 많이 가졌으면
나눠주고 사는 것이 사람이다.
속이는 것은 짐승만 못하다 하였다.
목수가 가진 기술을 최선을 다해 발휘할 때
발전하는 것이며 그 기술을 배우는 사람은
더 나은 기술로 발전시켜 가르쳐주고 살아가야
아름다운 세상이 올 것이다.

L 선생님

맑은 물 흐르는 가곡천을 벗삼아
오늘도 선생의 청빈한 가슴이 문을 쪼아립니다.
가곡천 물소리와 님의 목소리가
강서구 내발산동 호경빌딩 옥상 하늘 공원에서
복사꽃 잎 따라 살포시 날립니다.
걸쭉한 굵은 말씀이 지금도 옥상정원에서
매화꽃잎 속에 뒤섞여 날으시고 있네요.
L 선생님 남은 일생 오죽처럼 살다가
바위처럼 굳어서 가곡천에서 뛰어놀던 그때
그 바위와 함께 놀이터 언덕이 되소서!

3인의 위원장

낡은 전등불이 눈을 가리고
종종걸음이 소변 급하다.
삼남매 뜻이 달라도
배는 떠나가고
도착지 다 다르니 뱃길 끊겼다.
박수소리에 담장 넘어지고
그대 가는 길에도 다리가 끊긴다.

그놈도 그놈이다

살아남은 그 사람
○○○ 국회의원
고생고생하더니
눈이 멀어 버렸네.
사람 볼 줄 모르고
마음도 시커메서
조금씩 쪼개보면
속마음이 보인다.
내가 아니면 안 돼
더 먹어야 그만둬
여기저기 있는 돈
더 먹고 가야 한다.
가다 보니 은반지
참 보기도 좋구나
○○○도 좋구나
○○○도 좋구나
다음에는 누구여
골방으로 갈 사람
구민들 피땀 빼먹고

얼마나 살려는가
그래도 한 사람은
깨끗해서 좋았는데
믿고 보니 그 이도
똑같은 그놈일세.

K 장로님

하나님의 아들 정록이라
그대는 천사로다.
바람이 불고 비가 내려도
그대는 흔들리지 않으리
세상이 나를 버려도 그대는 변치 않으리
그대 가는 길에 꽃이 피나니
항상 웃음소리가 들리네
차디찬 들판에서도 님이 가는 곳마다
축복 비가 내리노라!

L 단장님

형님?
형님의 귀한 진리 말씀이
강서구에 진동합니다.
얼굴은 멀리 계신데
함께 앉아서 필을 들었습니다.
밝고 낭랑한 목소리가
붓끝에다 힘을 주시니
형님 건강은
청춘이 아니겠소?

L 시인보고

가곡천로 1536-24으로 시집을 간 세시들이
오늘도 소식이 없어 궁금하기 짝이 없다.
가촌 선생님 가르침이 무섭게 호령하니
시집살이 시들이 기를 못 피는구나
가촌이 사시는 가곡천은 멀고 멀어서 문자
몇 자 보내드린다.

농부가 다 된 L 씨

새싹의 숨 쉬는 소리도 들었었구만
뿌리 내리고 싹 틔우는 것도 알았으니 말이어
농부의 땀 냄새를 이제야 아시네 그려
동물들은 재롱부리고 순종을 하지만
새싹들은 곱게 자라 뿌리주고 열매도 준다오
가뭄 들면 식물들도 딱딱하고 맛이 없는데
적당량 비가 오면 사과도 부드럽다네
길러서 얻는 기쁨이 옥동자 받으니
주고 받는 사랑들이 풍년을 가져오네.

K 선생의 답시

당신은 행복합니다.
당신은 즐겁습니다.
내리는 빗줄기가
방울방울 젖으니
당신은 행복합니다.
당신은 즐겁습니다.

지현경이 보낸 글

선거 중에 오른 글은 바람 따라 가버리고
선거 끝에 오는 바람 피고 지며 울고 간다.
축배꽃도 반갑지만 꺾인 꽃도 꽃이었다.
흙탕물에 고기 놀고 맑은 물엔 못 노나니
모여드는 송사리들 떡밥주니 따라간다.
살만들 하니 가려먹고 깨끗한 것 사서 먹소
주고받는 호남인심 언제 변해 물을 탔나
세월 가니 너도나도 제멋대로 말하는구나.
제 아무리 말을 해도 알아듣지 못한 사람
언제쯤에 돌아서서 바로 보고 말할 건가
귀 뚫린 말 한마디가 호남향우 살린다네.

일꾼이 넘치다

강서에는 없던 별이 하나 떠 있다
동분서주 그대 뜨면 줄줄줄하네
300년 여성시대 국민도 알아보고
솥뚜껑 버린 님들이 나라를 살린다
풀어준 고삐마다 소리소리가 등등해
전국에 내세워서 나라 발전시키자.

고급사기꾼

아침저녁마다 말 바꾸니
조석변이라 하네
그 사람들 알고 보니
정치꾼들이였네
큰놈도 작은놈도
모두 다 똑같아서
존경도 대우도
끝나보면 알 것이다.

제4부
주인 없는
빈자리

인 생人生
– 김양흠 선생님 답글 시

비록 살아온 길이 달라
타향에서 우연히 만난 우리들이지만
백년지기면 어떻고
천년지기면 무슨 상관있겠소
남은 여생 기쁠 때 함께 웃고
눈시울 적실 때 손수건 하나 내밀면
족한 것을……
사랑합니다.

지현경 답시

명시에 눈을 적시고
시구는 도를 넘었소이다
곳곳마다 그대 진리 말씀
귀에 익으니
오가는 이들 귀감 되어
선생이 빛나리라

늙은 사람

외로이 기다리네
홀로선 늙은이가
사랑도 모르고
늙은이 다 되었네
옥상에 풀을 매니
옛날에 그 풀들이
뽑고 또 뽑아봐도
기다린 시간만 가네.

후불 욕심

날아드는 소리 듣고
마시는 주님 만나니
오늘도 즐거워라
친구들과 모여 앉아
마시는 술잔에
시간이 잠을 잔다
썩은 고목 병이 들어
잘 자라지 못하고
계량종 심어주자
강서구가 바뀐다
날마다 바꾸라고
목소리가 들린다
귀먹고 눈멀어
갈 때가 왔으니
은팔찌 들고 가소
그곳이 당신의 집일세
들어가 편히 쉬소
다다미방 안에서!

＊ 주님 : 술

님의 눈물

누가 알랴
이 한 맺힌 눈물을!
가신님 천국에서
이 모습 보시겠지
총부리 하나놓고
등 돌린 어제인데
오늘 보니 이 눈물이
김대중 대통령이시네.

푸른 꿈 대한민국

대한민국에 해가 뜬다.
남북이 열리는 가슴으로 눈을 녹인다.
전국 방방곡곡에서 꽃이 피어난다.
「남북화합 좋은 세상 후손에게 물려주자
  마음모아 힘을 모아 서로서로 도우며 살자
  강서 향우회 호남향우회가」가 힘차게 울려퍼진다.
백두대간에도 꽃이 피어난다.
70년 동안 얽어맨 철조망이 안개 속으로 사라지고
대한민국에서 종이 울려 동양에 빛이 되리라!

* 지현경 작사 오민우 작곡 '강서호남향우회가' 와 함께

그 님은 어딜 가셨어요?

옥상정원에서 잎새주가 눈물을 흘린다.
지는 별만 바라보고 있으니
당선자 S 의원만 인사와
활짝 핀 백합꽃잎이 기쁘게 반겨주었다.
처량한 옥상정원에서 잘나가던 그 시절 떠올리며
잎새주 소주 한 잔에 마음 달래는데
전국을 망쳐버린 더불어들이 술잔치에 미치는구나.
공자님께서 하신 말씀이 군자들은 구름처럼 모여들고
잡배들은 왁자지껄 모인다 하셨다.
우리 앞에 모여드는 회색구름이 나라를 휘감는다.
여도 야도 욕심 속에 빠져서 허우적거리니
도둑을 잡았어도 뒷문으로 빠져버린다.
어지러운 세상 보기 싫어서 군자들은
갓을 쓰고 해를 피하는 구나.

70년 세월

포성이 들릴 때마다 가슴이 떨렸다.
쓰러지고 죽어갔던 국군병사들의 울부짖음이
하늘을 찔렀다.
산골짜기마다 어머니를 부르던 메아리가
70년이나 되었다.
2018년 6월 12일
트럼프 대통령과 김정은 위원장이
사인펜으로
남과 북의 대치상태를 평화의 문으로
달아주었다.
70년의 철의 장막이 12초에 끊어지고
총과 핵무기는 산업현장으로 실려간다라는구나.
종전을 눈앞에 두니 평화도 준비에 분주하다.
남과 북이 서로 손을 붙잡고 38선을 넘나드니
천국에 계신 김대중 대통령이 기뻐하신다.
한 발짝 첫 걸음이 김대중 대통령 발자국이요
뒤 따르는 두 발자국은 노무현 대통령이었다.
세 번째 발자국은 문재인 대통령이시다.

70년 동안 가로막은 길고 긴 철조망을
트럼프 대통령과 김정은 위원장이 손을 맞잡고
녹슬은 자물쇠를 녹여서 흰 비둘기로 날려주셨다.

토요일 아침

갈수록 골목길이 한가롭다
아침 6시 해는 중천에 떠 있는데
길가는 사람은 한사람도 안 보인다.
살기가 좋아서일까 어려워서일까?
조용한 아침
자동차도 저속으로 살금살금 기어간다.
2㎞거리 가는데도 뜸성뜸성 지나간다.
어디로 가는지 천천히 가는구나
세상살이 팍팍할 땐 쏜살같이 달렸는데
살금살금 달려가니 살만한 세상일세!

눈물이 돌이 된 남자

고독 속에서 가버린 시간이 1만 6천 시간이었다.
흘리는 눈물도 쌓이고 또 쌓여서 겹겹이 화석이 되었다.
그 남자 가슴속엔 불꽃이 피어 세월도 그 가슴을
꺼주지 못했다.
사랑한 여인 그 여인 떠오르는 그 여인을
지을 수 없어 버릴 수도 없어 패버릴 수도 없었다.
여자란 독한 거야 남자보다 매정한 거야
하룻밤 풋사랑을 누가 차버렸나
울고불고 매달린 것은 여자 아닌가
아이 낳고 돌아선 것도 여자들인데
갈수록 변해가니 남자들만 괴롭구려!

믿는 도끼에 발등 찍힌다

사람이 살다보면 별별 일이 다 생긴다.
먹고 사는 일 입고 사는 일 쓰고 사는 일
모두가 살아가는데 필요하기 때문이다.
한마디 하는 말도 점잖게 해야 하고
서로가 정직해야 상처를 주지 않는다.
말도 속이고 먹는 것도 속이고 잡다하게들 속인다.
심중한 의료행위도 눈을 가리고 지나간다.
만 가지를 속고 속인다 이것이 우리들의 삶이다.
정직한 사람은 사업의 끈이 길고
속이는 놈은 잘나가다가 폭싹해 버린다.
믿는다고 찾아가도 소용이 없는 세상이다.
주는 자 받는 자도 믿을 수 없는 세상이다.

홍콩과 마카오

홍콩의 밤이여 선배들이 불렀던 노래였다.
휘황찬란한 밤거리를 보고 노래로 전해줬다.
사방으로 감아 도는 골짜기 작은 도시 홍콩
닳은 건물 하나 없는 화려한 도시 여기가 천국이다.
초꼬지 등잔불에 떨어진 옷소매 꿰매 입던 시절에
불야성 홍콩의 밤거리는 별천지였다.
바다 메워 뜨고 내리는 협곡의 비행장
베테랑 조종사도 긴장의 땀방울을 흘린다.
세계의 거상들이 들고 나고 만나는 곳
사랑도 속삭이고 눈물도 흘리던 곳
여기가 홍콩이다 밤거리가 천국이다.
지척의 마카오도 무역의 도시다.
쌍벽을 이루면서 발전해온 마카오
세계의 거상들이 추억을 새겨둔 곳이다.
문화와 예술이 숨 쉬는 도시 홍콩과 마카오
명품도 짝퉁도 춤을 추며 밤거리를 밝힌다.

주인 없는 빈자리

비워둔 자리에 잡초들만 무성하다.
아름다운 꽃들은 자리를 떠났고
동네 친구들도 하나 둘씩 떠났다.
화려한 자리 마련해두고 대접을 잘해드려도
주인 없는 자리라 사람들이 모이질 않네.
따뜻한 가슴 그 사람이 비워둔 자리에
벌레들만 집을 지어 평화롭구나
때늦게 찾아와서 창문을 열어봐도
흙냄새 풀냄새도 반기지 않네.

잔머리

이놈 저놈 세 명이 모여 한 수를 놓았다.
양수 겹장 두어놓고 때를 기다린 그들
곧은 낚시도 굽은 낚시도 망둥이는 걸린다.
마음 구석구석마다 가둬둔 가슴 태우지 말라
잔머리 굴리면 고통 받는다.
하나님도 부처님도 하지 말라 하셨다.
모질게 한 수 놓고 잔칫상을 벌렸다는데
말년에 지고 갈 업을 왜 이리도 모르는가
세상의 이치란 거짓이 없다 하네!

착각하지 말라

오늘도 하는 말이 가관이었다.
사실을 말해도 거짓이라고 하는구나
그 사람 가슴속엔 검은 털일세
세상만사가 요지경속이라
옳고 그름 말해도 믿지를 않네.

＊ 강서호남향우연합회 회의 중에 강서구청장 N 후보가

토요일은 한가롭다

시간시간이 고요하다.
틈새마다 보는 글이 오늘따라 눈물이 난다.
선생님 L가 갈수록 빛이나니
과거 현재 미래에도 부처라 말하리요
기구한 삶의 K을 귀와 입까지 챙겨주어
당신은 천사요 그대가 부처입니다.
볼수록 빛나도다 L 선비님!

* K : 강원도 산골에서 어렵게 사는 학생

번개나들이

소슬바람이 물위를 미끄러져 다다르니
겨드랑이 사이로 살며시 파고든다.
강태공이 던져놓은 낚시 끝에서 찌가 춤추고
플로체 식당에 앉아
오리훈제에 국순당 막걸리 한 잔 마시고
저수지 바람을 가슴에 담는다.
앞마당에 밴드 소리가 귀를 세워주니
흘러간 추억의 노래도 가슴을 때리는구나
떠나려니 옛 노래 소리가 내 발길을
또 못 가게 하네 그려.

보는 글씨

술 한 잔에 잠이 들고
책 읽기에도 잠이 드네.
한 글자 써 보지만
정든 글 하나 없고
시름시름 가는 시간에
눈가 추녀 밑에만 주름진다.

제5부
기억이
안 난다

사랑하는 내 나무

인간은 인간만을 사랑하지 않는다.
식물도 동물도 아끼고 사랑한다.
L 선비님도 상수리나무를 사랑하셨다.
날마다 만나보고 손으로 만지면서
마음을 전했다.
아끼던 그 나무가 잘려나가니
그 자리에 의자로 변신을 했다.
마지막 가는 길에 사람들의 안락의자 되어주고
수명이 다 할 때는 길바닥에 누워서
흙이 되리라!

* 강원도 삼척시 가곡천변 위에 서 있는 상수리나무

강 건너 맛집

사람이 살다보면
강 건너 맛집 아닌가
K 면장님은
강원도 토종이라
덕풍과 사랑이
밤하늘에 별빛입니다.
얻어먹고 빈손이라
가슴조이며
가진 것이라고는 몇 자
쓴다고 글밖에 없으니 말이요!
선비의 그 심정을 어찌 모르겠소
사는 것이 모두가
이렇게 사는 게 아니요!

＊ 강원도 산골의 K 면장님께서는 어려운 사람을 많이 베푸셨다.

나가 누구여?

오늘 아침 이야기는 박병창 고문님이시다.
변해가는 그 사람 날마다 만나네
말도 없던 그 사람이 많이 변해버렸네
천 쪽의 문장객 되니 할 말도 늘었다네
길 가다가 만난 사람도 이야기 끌어다 담아두고
떨어진 꽃잎 보고도 이야기를 하고 있네 그려
세상살이가 구름이라 만고풍상은 발길일세
오고가는 인생살이 곧은 낚시로 끌어올리고
가는 길도 다와 가니 우리 옛날 나로 돌아가세!

* 박병창 선생이 펴낸 책 『2018인 글어록강연토크집』

잡초 뽑는 손

살며시 엿들으니 넉넉함이 배어 있다.
구릿빛 면상에는 애환도 곰삭아서
된장국 밥상이 주름살도 펴준다.
둔하디 둔한 손으로 잡초를 뽑는다니
흙먼지 범벅된 몸뚱이가 땀에 묻혀
흥건히 젖은 옷을 벗어 쥐어짠다.
눈을 감는 그날까지 손에 흙 붙들고
잡초 매며 남은여생 땅으로 돌아가리.

등 불

가던 길 멈춰서니
갈 곳이 어디인가
뒤돌아 다시 간들
가본들 별 것 없네
하루가 일 년이라
인연들 멀어지고
쌓아둔 노적봉이
오늘도 자는구나.

선거날이 돌아오니 기억이 안 난다

초대해서 밥상 차려놓고 약속했던 그 말을
강서구를 누비면서 거짓말이라고 해댄다.
양 날개 칼 끝에 서니 갈 곳은 어디인가
형님(지현경)이 나오시면 제가(N) 안 나오겠습니다.
간곡하게 강서구청장 출마를 권했던 사람이
구청장 나오겠다고, 알았네!
대답했던 말을 모른다 했다.
초대한 저녁식사자리에서
맥주 컵에다 소주 타서 말아놓고
맥주 잔 들고서 N 씨가 건배했다.
지현경에게 강서구청장 출마를 권한 자리였다.
70대 축구장도 만들어주기로 약속했다.
약속은 금이다 시간이 말해줄 것이다.
그런데도 했던 말을 모른다 이말이여?

* 가양3동 빗물펌프장 위 슬라브 덮게 쳐서 그 위에다 강서 70~80대 축구
  장 만들어주기로 약속했다.
  강서호남향우연합회 월례회의 중에 N은 "그런 말 한 적 없어요"라고
  했다.

태 양

멀리 어둠이 걷히고
광명이 천지를 비춘다.
정남진 기운 끌어와
강서에 묻어두었더니
할아버지가 바라던 꿈이
이제야 이뤄졌다.
자손만대 우리가문의 정기가
영원히 빛날 것이다.

* 김신웅 선생 손자 보던 날

순 리

낙엽은 돌아오지 않는다
떨어질 때는 시차가 있고
나뒹굴 때는 비바람이 스쳐간다.
형제들이 어디로 가는지
아무도 모른다.
숲속에서 잠들고
강물 따라 떠내려간다.
우리네 인생도 낙엽처럼
흐르는 세월 따라 빈손으로 가노라!

수협 나들이

낙지초무침 깊은 맛이
입술을 놀려대고
한 잔 마시는 잎새주가
줄지어 입속으로 잡아당긴다.
보드라운 낙지발이
오이 사이에서 레슬링 하니
고춧가루 매운맛도
덩달아 춤을 춘다.
그야말로 오늘 이 맛이
내 입맛에는 최고일세!

선(답글)

마구니가 없으면
선도 없다네
색욕을 멀리하면
우리가 없고
선정에 빠지면
먹고살기가 어렵네
인간사 사는 것이
이런 것이여
그럭저럭 묻혀 살면
마음 편하다네.

＊ 박호 스님 글을 보고

삶이란

인생살이 사는 것이 이런 것이어
페로몬 길이 만 리라 했다.
우리네 인생길도 그와 같다네
온종일 끈을 잡고 걸어 다니는 사람들
보이지 않은 줄을 치고 사방으로 다닌다.
가다보면 못 볼 것도 억지로 봐야 하고
걷다보면 먹을 것도 취해야 산다.
인생이란 이런 거야 별 것 아니야
자갈길 가는 사람이나
아스팔트길 가는 사람이나
우리네 인생살이가 이런 것이어
돌라먹고 훔쳐 먹고 사기도 쳐 먹고
등쳐먹고 나랏돈 빼먹고 잘 사는 놈들
이것도 사는 것이어 사람 사는 게 아닌가
바르게 정직하게 샘물처럼 사는 사람들은
고구마 한 뿌리도 행복하다네
사기꾼 도둑들이 판을 치는 세상이라
서민들의 가슴속에 눈물만 고이네.

철벽인

어둠은 어둠이다
가려져 있는 사람은 보이질 않는다.
마음의 벽도 이러하니라
생각이 벽에 가리면 판단이 흐리다.
벽을 깨버려야 빛이 보인다.
아는 것은 어제이고 오늘 나를 찾아
내일을 바라보아라
더 넓은 미래가 보일 것이다.

강화도 가셨나요

도착시간 다 되어도
오시지 않는 그 사람
강화도 인삼 냄새가
여름장마도 이겨냈네
명당 잡아 노후생활
백수를 다 누리소서
한 발 뒤로 생각하고
진짜 명당 집을 사서
하루 이틀 일년 가도
편해야 명당이라네
서둘지 말고 잘 정해
튼튼한 집을 지어서
백수천수 편한 노후
원한대로 살아가소.

고향 그리워

밤마다 홀로 앉아 고향 산천을 그린다.
목화밭에서 무 뽑아먹고 밭딸기 따먹던 시절에
나 그때가 여나무살이었지?
사이사이 심어둔 당근 뿌리는 뽑히질 않아
줄기만 떨어지고
드문드문 서 있는 수숫대 몇 개 꺾어서
단물만 빨아먹었지
밤이면 반짝거리는 별들을 쳐다보며
친구들과 네별 내별 나누어 정해두었지
날이 밝아오면 네별 내별 숨어버리니
내일 밤에 또 만나서 나눠가졌다.
어린 시절 그 동무들 다 어딜 가고 없어
늘그막에 만나 보려하니 유택으로 갔다하는구나.

그림자 없는 얼굴

어둠 속에 김포가도를 달리는 자동차소리가
어디론가 멀리 달아나버린다.
감나무 뒤에 서 있는 보안등이 오늘밤에도
나와 동무해주는구나.
쏟아지는 장대비가 한숨 돌리니
차고 위로 떨어지는 새끼감 울음소리가 애달프고
태백산 골짜기에 서린 안개가
재를 넘어 강서에 왔다 가는데
전해줄 것이 하나도 없어서 빈 가방만 보내드린다.
가곡천 시원한 바람을 발산동에다 두고 가니
넘치는 물소리도 동무해 노래를 들려주고 간다.
적막한 밤 침묵은 깊어만 가고
겨울의 밤거리는 변한 게 없다.
등촌2동 뒷산에 세워둔 선생의 목비가 외로이 서서
서울에서 살다가 떠난 L 선생님 뒷그림자 되었다!

거미줄

눈이 큰 잠자리가 거미줄에 걸렸다
날고 빠른 선수라 해도 거미줄에 걸렸다.
잔머리꾼 사람들도 정보망에 걸리듯이
오랜 세월 슬쩍하다가 정보망에 걸렸다.
욕심이 과하면 쥐약인들 가리겠는가
오래 쓰던 바구니라 여기저기 망가져서
이것저것 담아본들 새어나가 버린다.
새나간 물건들이 거미줄에 걸렸으니
뒤따르는 안테나에 다시 걸려들었다.

공

낮과 밤은 빛과 그림자다
감이 붉어지는 것은 빛이요
낙엽이 지는 것은 밤이다.
인생의 생사가 이와 같아서
자연의 섭리 따라 가는 것이다.
생과 동은 연장의 순간이다.
주어진 만큼 얻고 남겨라
생과 사가 둘이 아니다.
낮과 밤도 빛과 그림자도
하나이기 때문이다.
순간에 생하고 순간에 사하니
만물은 형상이요 공인 것이다.

길 위에 남겨둔 이름

초판 인쇄 · 2019년 4월 10일
초판 발행 · 2019년 4월 30일

지은이 | 지현경
펴낸이 | 서영애
펴낸곳 | 대양미디어

출판등록 2004년 11월 제 2-4058호
04559 서울시 중구 퇴계로45길 22-6(일호빌딩) 602호
전화 | (02)2276-0078
팩스 | (02)2267-7888

ISBN 979-11-6072-045-7 03810
값 13,000원

＊지은이와 협의에 의해 인지는 생략합니다.
＊잘못된 책은 교환해 드립니다.

이 도서의 국립중앙도서관 출판예정도서목록(CIP)은 서지정보유통지원시스템 홈페이지
(http://seoji.nl.go.kr)와 국가자료공동목록시스템(http://www.nl.go.kr/kolisnet)에서
이용하실 수 있습니다.(CIP제어번호 : CIP2019013109)